꽃잎에 물들고 싶다

뜨락에 시선 012

꽃잎에 물들고 싶다

권경숙 시집

■ 시인의 말

소중한 날들의 추억

햇살이 비치는 창가에 앉아 커피를 마시며,
파란 하늘을 바라보면 나도 모르게 자연이 주는 따스함에
감사한 마음을 전하게 됩니다.

당신이 먼 곳에 떠난 후 가슴 저린 상처를 이겨내고자,
시를 낭송하면서 아름다웠던 추억을 회상하며 글을 쓰기 시작했습니다.
시를 통해 사람들 만나고 지난 시간의 아픔을 훌훌 털어버릴 수 있어
지금의 시인, 시 낭송가로 활동하고 있습니다.

새로운 깨우침을 통해 일상의 소소함의 행복을 담고 따뜻한 이웃과
자유로운 인생길에 새로운 인연으로 만난 사람들과 꿈을 만들며
내 안에 사랑을 표현하고자 첫 시집을 발간합니다.

앞으로 가야 할 길, 소중한 날들에 추억들을 잊지 않고 기억하면서
지금은 부족하지만, 더 성숙한 언어능력을 배우며 글쓰기를 벗으로 삼고
환하게 피어오른 영원한 꽃을 피우는 시를 쓰렵니다.

언제나 곁에서 버팀목이 되어준 사랑하는 가족들
진심으로 고마운 마음을 전하며,
시와 동행하는 모든 지인과 문우님 사랑합니다.
더불어 첫 출판에 힘과 용기를 주신 박가을 회장님
머리 숙여 감사의 말을 전합니다.

햇살이 눈부시게 번지는 날에
권경숙 시인 드림

■ 차례

Part 1 봄이 오는 길목에서

Part 2 찻잔 속 담긴 사랑 한 스푼

Part 3 아침에 피는 꽃

Part 4 달빛 비치는 호수 같은 그대

Part 5 행복의 언덕에 올라서서

에필로그

Part 1

봄이 오는 길목에서

꽃잎에 물들고 싶다

노을빛에 물든 하늘처럼
불타오른 저 담쟁이

가시넝쿨 속 장미는
올해도 어김없이 빨간 웃음
재잘거리며 흐드러졌다

가시투성이 우리 삶의 여정도
모두 제 가끔의 향기를 지니고
서로에게 따스한 꽃자리인 것을

한 설움 삭혀 내린 가슴
저미어 오는 설렘 안고
눈물 속 피워낸 꽃 무리
향기 날리는 그 오묘함이여

꽃잎에 물든 미소 여위어져도
그대 품에 안겨 물들고 싶다

하얀 민들레

파란 언덕 위에
투명한 바람 이불 덮고
해맑게 피어있는 하얀 민들레꽃

봄이면 푸르게 펼쳐놓은 잎새
약초라서 나래꾼이 쏙쏙 뜯어가도
쓴맛에 입맛 돋우는데
예쁜 자태로 곱게 피어있는 너

외로운 맘 가련해서 바라보면
마음 고향 찾아주듯
행복한 미소 짓게 하는 너

따사로운 봄 햇살 등에 업고
바람결 꽃 시 흩날리니
마음껏 예쁜 꽃말 소식 전하며
새 생명으로 다시 피어나리라

경칩

어느새 산수유는
망울망울 꽃 피우고
만나고 헤어지는 자연의 섭리 속
봄 새들은 밤새워 악보 외웠나 보다

깨어나라 일어나라
개나리 진달래꽃이여

우주엔 해와 달이
활짝 웃는 들녘엔 봄바람이 분다

속삭이며 흘러내리는
꽃잎은 춤추고
사랑의 봄비가 출렁댄다

봄나물 향기

수줍게 피어오른
새싹들의 봄의 향연
봄볕을 마시고 봄바람을 맞는다

향긋한 설래임
여린 인고의 향기가
코끝에 아른거린다

초록 생명이 숨 쉬는
바람결 사랑에 취한다

천년의 봄나물 향기
황토를 뚫고 올라와
입안 가득 차오른다

바람 잎새 사이로

봄이 오는 소리
내 마음 살짝 열어 보았다

사부작사부작
봄 내음 가득한 아지랑이
뾰족 나온 작은 새싹

유채색 춤추는 봄날엔
노랑 꽃망울 간드러지니
세상 구경 나오려나 보다

바람 잎새 사이로
얼음장 뚫고 맑은 물이 졸졸
포근하게 풍겨오는 봄의 향연

초록 잎 짙게 물들면
사랑하는 그대 옆에 있고 싶다

봄의 향연

그 누군가 봄이 되면

바람둥이 봄바람
꽃잎 속 숨어 들어가
기운이 없다고 떠날세라

새싹들이 파릇파릇
온천지가 봄을 알린다

능수버들 사이 햇빛이 비치면
봄의 향연 품에 안아보고픈 봄기운

뾰족이 솟아오른 입맞춤
노란 민들레꽃 방긋 웃어주는데
따스한 봄기운과 함께
씁쓸한 내 모습에 여유를 찾고 싶다

솟아오른 봄 햇살만큼
내 마음도 꽃술 향기 가득하다

생명의 봄비

봄비가 내 마음에
사뿐사뿐 적셔옵니다

연두색 잎새들
춤을 추듯이 손짓하며
환한 웃음으로
서로의 마음 어루만지고

봄비는 생명에 난초가 되어
파란 세상으로 채색합니다

이른 봄비는 온종일
내 곁에 내려와 시린 마음 달래주듯

그대도 나처럼
따뜻한 봄날을 기다리나 봅니다

봄바람

연둣빛 잎새 사이로
봄바람이 나풀나풀
흔들 때마다 묻어나는
향기를 보라

잎새의 느긋함
활짝 열어준 가슴에
새잎이 돋듯
바람과 가지 사이로
꽃잎이 피었네

한 번쯤 그늘에 뉘어
봄바람 꽃놀이
마음 다스리는 사랑이어라

내 마음 행복 속
꽃잎 향기가 사르륵
참 따뜻한 새가 되어 날고 싶어라

사월의 노래

사월의 길목에서
흐드러지게 피어있는
온갖 봄꽃 향기에 취해보리

우아스러운 목련꽃
찬란하게 만개한 벚꽃
오묘한 느낌의 매화꽃

그대를 향한 사랑의 꽃처럼
지는 모습까지 황홀하기를
사랑으로 가득 채운 꽃봉오리 등불 되어
마음 가득 피어오르리라

구름 꽃피는 언덕 위
순백의 세상 환하게 밝혀주는
아름다움에 취해 만발하겠지

푸른 숨결 옹골찬 새봄이 되면
자연이 주는 따스한 꽃과 함께 거닐며
나 이제 행복의 노래 부르리라

봄날에

바람에 실려 온 여린 풀 섶에
방울방울 기쁨이 톡톡 터지는 봄날

꽃봉오리 속
살 속 깊이 파고들어
땅속 깊은 곳 뿌리내린 숨결이여

벙글어진 꽃밭 스며드는 휘파람 소리
맑고 고운 선율에
껍질이 껍질을 벗기고

그대 앞에 타오르는 봄꽃 향연
빈 가슴의 노래 불러본다

깨어나라~피어나라~

꽃향기 가득한 봄날에
산들바람 부는 벤치에 앉아 스치는
바람결에도 기쁨의 눈물로 되었나니

저 높고 푸른 하늘의 새들 지저귀는
합창 소리가 가슴속 깊이 울려 퍼진다

오월의 장미

한 그루의 나무가
자신의 뿌리를 볼 수는 없듯이
내 마음도 어느 사람도 볼 수 없지요

너무 요염하게 아름다워서
자신을 탐하지 못하도록
철 가시를 두르고 있네

햇님의 사랑이 진실인 것처럼
구름의 눈물이 진실인 것처럼

불타오르는 저 담쟁이 속
향기롭게 뿜어내는 눈부신
오월의 장미로 피어나네

빨간 우체통

빈방에서 라디오 듣는다

케니지의 감미로운
색소폰 선율의 알록달록한 사연
세찬 빗줄기가 창문을 두드린다

쉼 속에 숨어있는 아련한 추억
월남에서 날아온 빛바랜 편지 한 통

떠나가는 이별은 내 그리운 이에게
저마다 가슴속에 지닌
나를 손잡고 건너가는 회상의 징검다리

애틋한 사연들 봉함엽서 고이 접어
빨간 우체통에 실어 보낸다

코스모스

가을 길 익어가듯
붉게 물들인 단풍잎 사이로

상큼한 풀 향기 속
가름한 여인 목덜미를 닮은
길 숲에 피어난 코스모스

바다로 물결치듯 바람 불면
흔들거리며 쓸려가는 가을 길

하늘하늘 웃음 짓는 그대여
뙤약볕에 연분홍빛으로
하늘거리고 있다

살구

온 들판 초록 잎으로
짙게 물든 사이
영롱한 자태로 주황빛 발하리

아삭아삭한 탐스러운
살구 한 알
새콤달콤 상큼한 맛이 좋다

진리는 자연의 진실한 언어
코끝을 스치는 달콤한 풍미
오! 신비로운 맛이구나

신맛 단맛이 가득한
살구 한입 베어 먹으면
오! 생의 빛깔이요

맑고 밝은 눈으로 세상을 바라보리라

가을 햇살

파란 가을 하늘 위에 두둥실
저만치 오고 있는 이는 누구이신가요

높게 치솟은 능선을 따라
울긋불긋 단풍빛깔이 빚어내는
가을 햇살 눈부시게 반짝거린다

아스라이 떠오르는 엄마 얼굴 그려보며
자박자박 걸어 봅니다

엄마 품속같이
아름다운 자태 뽐내며
비춰오는 포근한 가을 햇살

가만가만 귀 기울여
그대와 함께 가을을 걷고 싶습니다

Part 2

찻잔 속 담긴 추억 한 스푼

그대에게로

여린 꽃눈, 꽃망울 여미면서
퍼트리듯이 그대에게로 마음 흔들립니다

길섶에 내려앉은
지난가을의 낙엽처럼
그대에게로 마음 흔들립니다

부서지고 흔들려도
내 마음 오롯이 그대입니다
정다움에 서로를 기대어가며

그대에게로
찻잔 속 사랑의 향기
한 스푼 퐁당 넣으면 달빛 그림자
은은하게 빛이 나네요

살아있음에

사시사철 변화하는
눈 부신 태양 아래
자연의 섭리 속
생각은 눈에 보이지 않아도

함께 엮어가는 그대와
일상의 깨달음이 있으니
더욱 깊어져 가는 사랑이어라

귀한 연으로 이어온 인연의 끈
그대가 내 곁에 있으니
오늘도 살아 있음에 걸어가는
이 길이 축복이어라

추억 한 스푼

가슴 저민 지난날들
함께 엉키고 부딪치면서
평온하고 따스한 그 마음

가슴 속 추억 한 스푼
아름답게 꽃이 피어오릅니다

유난히 시리도록 추웠던 지난날
힘겨웠던 시간 두 손 맞잡고
견뎌낸 지금 우린 행복합니다

영원한 그대의 사랑
그대를 포근히 안아봅니다

자화상

이 나이 되어 보니 지난날
슬퍼했던 날들도 행복이 있었다는 것을

힘들게 살아온 모진 날
솟구치는 욕망도 삼켜가면서
지켜온 그대와 내가 있었다는 것을

영혼의 깊은 옹달샘처럼 흐트러지지 않고
함께 해쳐온 사랑이 있었으니
언제나 웃음소리 가득했었지

정다운 사랑으로 자신을 이끌며
보살펴온 내 시간 속 슬퍼했던 날들보다
마음속 기쁨이 찾아오듯이

소복하게 쌓인 흰 눈꽃처럼 백발이 되어도
비운만큼 더 좋은 것을 채워가며 살아가리라

행복했던 순간에 그대가 있었음을
그대가 내 옆에 있었다는 것을

지금, 이 순간

지금, 이 순간 살아있음에
찬란했던 날들이 가슴 속 깊이 파고들었네

기억 속 그대가 잊혀진다 해도
마음속 거울로 생각을 바꾸며
그가 남기고 떠난 빈자리
홀로 감당하고 지내면서 견뎌온 자국들

서로 손을 잡으면 웃음이 터져 나오지만
바로 선을 그으면 싹둑싹둑 눈물이 쏟아진다네

지금, 이 순간 살아있음에
내가 지고 가야 할 인생의 길목에서
금빛이었던 사실을 잊지 않기 위해
글을 쓰고 있네

님은 먼곳에

어느덧 또 한해가 지나 하늘은
꽃바람 지고 님은 먼곳에
혼자 가버렸으니

오늘도 지친 생의 언덕에서
이 마음 얼마나 지우고 비워내야
가슴 속 추억의 꽃이 피어오를까

아~ 나보다 크고 슬픈 그림자여

마음 주고 눈물 주고
무거운 빗장을 풀어버려도
홀로 서성이는 이 마음

눈물은 말없이 꽃이 되어
어머니 품속같이 깊고
넓은 바다가 되었네

노을을 품은 언덕

노을빛에 기대어 그윽하게 익어가는 벼 이삭
정든마을 언덕 위 보물을 향해
징검다리를 디딜 때

세상을 다 얻은 것처럼 자신감이 넘치는 지난날
당신이 있어 참 당당했소
당신이 있어 참 행복했다오

서녘 산자락에 걸린 붉은 노을 한 조각
남겨둔 이성의 여정도 산책 마루에 숨어지는
그 황홀에 물너울

어느새 창밖에 스러지고 지친 하루의 끝자락
어둠이 그 빈자리 까맣게 메꾸어도
나는 핏빛 찬란함으로 그대를 기억하리

다시 동터오는 푸른 언덕
떠나지 않은 영원한 것이 어디 있으랴
가슴은 빨갛게 물들었지만
바람도 꽃밭 지나가리라

작은 조각배

볼 수는 없어도
어느 곳에든 내 안에 가득한
강산을 덮는 반세기를 넘어 함께
노를 젓는 그대가 있었네

수천수만 갈래 길 열렸지만
읊조리듯 작은 조각배에 설움 싣고

또 하나의 별을 찾아서
내 가슴은 불타오른다네

생의 길 쉽게 흩어져 있어도
기대어 울 수 없어 가슴을 후벼파던
처절한 가시밭길이었지만
먼 하늘 노을빛 그리면서

엉킨 실타래를 감으며
저만치 보이는 빛의 길 천천히 걸어가리라

그대의 빈자리

엄동설한 다 보내고
대지는 어느새
초록빛 생명으로 일렁이건만

내 마음은 아직 두꺼운 외투 입고
서러운 눈송이 흩날리는
겨울 언덕에 서 있네

가슴 저미는 애달픈 회상
얼마큼 지나야 담담해져서
내 마음 잔잔한 호수가 될 수 있을까

그대 없는 생의 길목
우리 함께 걸어온 여정길에
쌓인 그리움 산(山)만하니

오늘도 붉은 노을 지는
창밖을 홀로 서성이네

그대여

버들강아지

여린 꽃눈 홀씨 날리며
봄바람에 버들강아지
살랑살랑 꼬리치며
그대 마음 흔들립니다

길섶에 내려앉은
지난가을의 낙엽처럼
그대 마음 흔들립니다

부서지고 흔들려도
내 마음 오롯이 그대입니다

사랑 안에 품어 안으며
그대라서 행복합니다

꽃술 없던 무화과

아침 하늘 불꽃처럼
향기를 내 뿜는
영암 월출산 바위 얼굴

풍경같이 그려지는
영산강 품은 금단의 열매
기다림과 인내로 꽃술도 없이 핀 무화과

꽃을 피운 나무보다
내 안에 고뇌를 견디며
생에 가장 힘든 시간
소중히 간직한 내 보물

견고한 껍질 속
잔잔히 미소가 스며들어
마음을 비우고 피울 수 있는 사랑이어라

천사 닮은 며느리

하얀 드레스 입고 천사같이
살포시 내 손을 잡아준 너희들
수줍어하던 너의 예쁜 모습

벌써 엊그제 같은데
한결같은 심성으로 내 마음 녹여 주었으니
강산도 수십 년이 지났구나

우리 셋만 성씨가 다르지만
한집안을 평온하게 지켜온
너희들 공덕 한량없이 고맙단다

풍진 세상 슬기롭게 극복하며
손자 손녀 넷 큰 복을 안겨주었을 때
그날 행복의 눈시울이 뜨거웠지
따뜻한 첫 만남 잊지 않고 평생 간직하리

이제 따뜻한 민들레 홀씨 되어
내 마지막 인생길 동행하면서
함박웃음 호박꽃처럼 넝쿨째 넘나들고 있으니
참 예쁘고, 고맙고, 사랑한다

든든한 두 아들

세상을 다 얻은 듯 누가 훔쳐 갈까
품에 안아 키운 내 보물들

엄연한 사회에 헌신하는
든든한 최고 아들이여
등불처럼 환하게 세상 비추며
두 아이의 아빠가 되었으니

가족이란 행복의 울타리
꽃 무리와 정답게 피어나는 얼굴
엄마도 가슴에 꽃이 활짝 피어있다네

봄나들이 여행을 아빠 품으로 준비한
그 씀씀이가 고와 아빠 닮은 효심이 가득하여라

먼 여행길 떠난 아빠 얼굴
빙그레 미소 머금은 듯
우리를 살포시 안아주고 있어라

고사리손

하얀 미사포 머리에 덥고
다소곳이 두 손 모아 기도드리네

유아실 시끌벅적 어울림 속
또렷한 눈방울로 꼭 잡은 고사리손

할미 가슴에 행복 가득
착하고 예쁜 손녀
건강하고 반듯하게 잘 자라네

손녀는 할미를 따라오며
할미는 손녀를 잡아주고

손녀의 마음 채워가며
할미의 마음 비워 가네

예쁜 내 딸

세상은 다 완벽은 없다지만
우리 딸 얼굴만 보아도 마음이 설렌다

선하고 예쁜 모습으로
총명한 지혜와 좋은 것 있으면
한 아름 안겨주고픈 엄마의 마음

의연한 대나무처럼 진솔한 굳은 의지는
스스로 감당해야 할 몫이란다

성숙하고 섬세한 모습으로
너의 재능 앞세워 행복 전하며
이웃과 사회에 봉사하는
예쁜 딸 되길 기도해 본다

Part 3

아침에 피는 꽃

첫 만남

너로 인하여 하루가 열리고
너를 생각하면 기도가 절로 나오리라
해맑은 영혼의 속삭임으로
변하지 않는 영원한 것 있으니
그 꿈 이루고자 한다네

찬란한 빛 비추며 맑고도 맑은
생명의 빛으로 우리 곁에 온 아가야
눈빛으로 통하는 기운을 뿜는 아가야

엄마의 젖으로 사랑을 듬뿍 받아
영원한 축복 속에 살아가리라

잘 닦여진 거울처럼
해 맑은 얼굴을 비추며
평온한 사랑으로 살며시 포옹하면서
순백의 웃음꽃 피어나는 마음이어라

배움의 기쁨

나에게 배움이란
생을 이끌어가는 원동력
설레는 첫 만남 가슴 벅찬 52년의 세월
행복이 가득했던 지난날의 추억

여유를 붙잡지 못해 관심을 두지 못했던
내 마음 밭, 인자하신 할머니 슬픈 마음 뒤로하고
멀리 갔다 돌아오는 길, 이제 보이는 나의 길

최고는 되지 못해도 최선의 삶을 산다는
자부심과 하면 된다는 신념으로
성공이 익어가는 인내의 값을 치른
나만의 간직할 수 있는 보람이 되었지

서로 사랑하며 끊임없이 배우며
행복을 누리는 예쁜 마음을
항아리 속에 담아 간직하리라

웃음꽃

여름날 흰 장미꽃처럼
활짝 웃으며 표현 못 할 만큼
배움의 순간이 좋다

어깨에 책가방 메고
만학도 되어 눈방울이
반짝반짝

흰 장미 빨간 장미꽃
노랑 호박꽃이 모여 있다

하나하나 배워가는
만학의 즐거운 시간
웃음꽃 피우고 있다

다육식물의 사랑

한낮 밤 숨 쉬며
베란다 작은 공간 속
토실토실한 너의 모습 닮아가고 있다

아름드리 구름처럼 퍼지며
허전한 마음 그리움 채워준다

도톰한 몸속
강인한 생명력 지닌 그 싱싱함이여

내 마음 뜨락
창문을 활짝 열면 싱긋 웃는 너에
자태 그 오묘한 사랑 살며시 기대어 본다

아침에 피는 꽃

가진 것 없고 잘한 거 없지만
사랑하면서 살아가겠습니다

단순히 미워하는 이 없는
곱디고운 마음으로
이웃과 함께 작은 행복 나누며
사랑하면서 살아가렵니다

뒷산에 예쁜 진달래꽃처럼
어여쁜 마음으로 서로를 위로하며
그대와 함께 사랑하면서 살아가겠습니다

꽃이 피고 지듯 잔잔하고
가볍게 비워둔 마음으로 살아가렵니다

둥지

새색시 수줍은 옷고름 행복에 젖어
함께한 오십 년 세월

이별의 아픔 잠시 접어두고
둥지들과 설악 여행길
한나절 대명콘도에 심신을 풀어놓는다

문어 어장에서 23킬로 대왕문어 낙찰받아
몸보신에 눈이 휘둥그레지는
아이들 같은 순수함에 우린 오랜 세월
이렇게 사랑하고 있었구나

서로의 내면 다독여주며
아파해주는 눈부신 우정
언젠가 안식의 둥지에 함께
잠들 때까지 변치 않는 우정 영원하기를

가을 언덕 아래

새벽녘 몰래 내린 이슬처럼
담장을 살며시 넘어와
곱게도 물든 단풍잎
오색 반짝이는 빛나는 하늘

누군가가 내 등을 어루만져
뒤돌아보니 단풍잎이 활짝 웃음 짓네

사랑하는 가족 푸르른 나무처럼
맑은 가을 언덕 아래 행복한 마음
설래임으로 동행하면서 걸어본다

가을날 시린 어깨가 저미어오지만
저들이 있기에 나를 포근히 안아본다

눈물겨운 마음자리 그립다는 것은
적막에 길들어보지만 보고파 보고파서
가을하늘 구름밭에 사랑을 실어 보낸다

어머니의 손

대가족 힘든 생을 살아오시며
9남매 잘 키워주신 울 엄마

언제나 바쁘게 일하는 모습으로
골짜기 넘어 물길어 나르시고
손이 마를 날 없이 아궁이 군불 지피며
한 시대를 견뎌오신 울 엄마

깊고 깊은 마음 밭에 심어 둔 생명의 빛
지나온 삶 속 아련히 떠오르는 어머니 얼굴
환하게 웃으신 모습 뵌 적이 없다

힘든 나날 가운데에서
여자란 넓은 치마폭으로 감싸고 보듬어
집안이 평온하다고 하신 말씀 뇌리에 스쳐온다

맏딸이라고 의지하시며
자신의 지친 모습은 감추고
언제나 나를 보듬어 주신 울 엄마
내 마음 속 흘러가고 있다

추억 밥상

굴뚝에서 연기가 모락모락
부엌 아궁이 위에 무쇠 밥솥 김이 폴폴
뱃속부터 기다리라고 알리지만
그때가 즐거웠다네

밥상 위에 차려진
간장 고추장 누른 김치 장아찌
최고는 멸치볶음 계란찜이 꿀맛이었다네

할머니 아버지 고모 삼촌
동생들 8남매 밥상에 옹기종기 모여 앉아
어머니는 꽁보리밥에 살짝 얹진 쌀밥
할머니 아버지는 쌀밥 드렸네

아홉 남매 그릇에는
그때 그 시절 기막힐 만큼 굶주려
누가 더 양이 많은가 눈 부릅뜨고
고양이 쥐잡듯 노려보는 무섭기만 한 표정

부뚜막 위에 쭉 퍼 놓은 밥들 속
밥 한 숟가락 배고픔이 절실하였네

그래도 가슴을 따뜻하게 채워주는 것이
가족 간 최고의 사랑과
정을 나누던 식사 시간이었네

새벽 종소리

영롱한 새벽이슬
밝고 맑은 영혼의 깊은 소리
동트오는 새벽녘

더 높이 더 멀리
차오르는 삶에 희열이
마음의 문 일깨운다

바람 잎새 사이로
꽃잎에 맺히는 이슬처럼
새벽 종소리 긴긴 여운
빈 가슴 속에 젖어 드네

벼 이삭

시리도록 투명한 햇살
황금빛 너울 속 누렇게 익어
고갤 굽혀가는 벼 이삭

설렘으로 툭툭
알알이 들어가 박히리라

겸손할수록 고개 숙이는 이치
삶의 진리를 배우며
동동걸음쳤던 한순간에도
살점 녹여 키워온 내 별

튼튼한 결실 보여준 따뜻한 밥 한 그릇
검게 그을린 농부의
미소 지으며 감사하리라

마스크

험난한 지금, 우리는
기적처럼 살아가고 있네요

코로나19로 생활이 멈추고
공간과 시간이 사라져갔지만
이제는 알 것 같아요

서로의 눈빛만 마주 보며
마스크를 쓰고 보니 알았습니다
숨죽이고 조용히 살아가는 방법을

언젠가 소리 없이
다가올 미생물 공격에
천금 같은 꽃구경도 가지 못하는
금지구역에서 사는 우리 생명의 터전
희망이 마스크뿐이라네요

고운 마음 꽃

시집 안 간다고 구박만 했는데
이쁜 딸이 사준 보라색 저고리

'엄마, 참 잘 어울리시네요'
내 나이가 몇인데 이 말 한마디에
두근거리는 이 마음 뭘까요

'보라색 성님, 빨리 오셔요'
이웃집 친구가 커피 마시러
자기 집으로 오라 한다
장롱에서 꺼낸 인견 치마저고리
기어이 입어보라네요

보라색 저고리에 '비단 치마'
친구의 예쁜 마음 더해져 한순간에
눈부시게 차려입은 곱디고운
선녀가 되었네요

아직도 이웃 간 따뜻한
고운 마음 꽃이 숨 쉬며

이 순간 그렇구나!
우리는 늙어가는 것이 아니고
익어가는 삶의 항아리 속
담긴 예쁜 마음들이네요

우정

언제나 마음 저민 날이면
해 맑은 웃음으로
넓은 가슴 열어준 사랑

호박 볶아 잔치국수 한 사발
서로에게 버팀목으로

우뚝 선 대나무와 같이
기쁨도 슬픔도 함께하며
사랑보다 더 강한 우정

물결같이 넘실넘실
내 마음 저 깊은 곳
아련한 추억 남아 있네

바람이 전해주는 말
서로의 어깨를 기대어 웃음 짓던
동행하는 시간의 여정이어라

길목 꽃길

벙글어진 꽃봉오리
너의 모습 어쩜 아름드리 피었니

집 앞 길목 뜨락
향기 가득 담은 젊은 부부
꽃밭 안에 땀방울이 송골송골
더없이 아름다운 모습이어라

오후 햇살 아래 포근히 감싸듯
정다움에 행복을 배워가리라

바람결에 꽃향기 날리면
그윽한 향기에 발걸음을 멈추고
오가는 이웃들 쉼터
잠시 사색에 잠겨 동심에 젖어 보리라

Part 4

달빛 비치는 호수 같은 그대

비 오는 날의 수채화

빗속을 거닐면서 떨어지는 빗줄기가
마치 서 있는 내 마음 같다

초록색 잎새가 춤추듯
손짓하며 살며시 내게 다가와
생기를 불어넣어 준다

예쁜 우산 쓰고 숲길 걸으면
떨어지는 빗방울 거문고 소리 되어
바람에 밀려오는 파도 소리처럼
선율이 되어 귓가에 스친다

비 오는 날이면 마음에 쌓아 두었던
미운 정 고운 정 저 빗물에 흘려보내며
차분해진다

오늘처럼 비가 오는 날이면
막걸리 한잔에 내 마음 따르며
우산도 없이 마냥 걷고 싶어진다

별 하나

먼 하늘 별 하나
향기로운 영혼이 다가와
엄마 품속같이 깊은 숨결로
내 빗장 풀어 버리네

꿈 실어 시 詩를 낭송하면
싱그러운 울림 속에
밤하늘 은하수 꽃길이네

반짝이는 저 별에서
지친 발자국 노래하며
그리움을 실어 보내네

치맛바람

펄럭이는 치맛바람
내 가슴에도 춤을 추고 있다
바람을 잠재운 듯 장막도 걷어버리고
대자연을 품고 있으니

당신이 알기에
가슴에 솟아난 파란 싹은
기다림에 지쳐버린
내 작은 존재의 발자취

그대 영혼을 갖고 싶은 기다림이라오
바람난 사내같이 퉁명스럽기도 했지만

치마폭으로 고뇌와 아픔을 덮어주니
따뜻한 온기가 내 가슴 속
스며들면 속마음은 녹아내리리라

달빛 비치는 영혼

어둑한 저녁이 오면
외로움 물신 묻어 나와
마음이 애잔해지니

방문 꼭 걸어 잠그고
선연히 가슴에 차오른
눈물 주룩주룩 넘쳐흐르고 있다

이 마음 그 누군가에게 들킬까 봐
마음 밭에 살며시 심어 두었는데

그대를 만나는 날
아픔이 있는 비밀정원을 걸어 나와
햇솜 같은 사랑으로 싹둑싹둑 잘라 주겠지

달빛 비치는 영혼은
한강 물이 되어 그대가 보고 싶다

빛바랜 그리움

코로나19로 집에만 있는 것이
이렇게 갑갑할 줄이야

지난날들이 그리워지고 보고파
가슴이 저미어 옵니다

전철, 마트를 마냥 돌아다니며
보고 싶고 그리우면 카톡도 하고
모처럼 여유를 즐기고 싶다

사랑하는 가족들과
친구와 함께 마음껏 여행하며
환하고 기쁜 그림을 그려본다

미스터트롯 보며 빛바랜 그리움
사무치게 가슴에 와닿은 애절한 울림
우리 소리 가락의 축제 한마당
얼씨구나 좋구나

평화로운 지난날들 새로움을 만끽하며
기쁨 안고 무탈하게 지내보자

망초꽃 사랑

넓은 들녘 긴 여름
병풍을 두른 듯 물결치는 꽃 무리

햇살 번지는 생명력
천둥 번개 앞에서도 마른 몸을 세우고
찾아오는 벌 나비

예쁜 가슴 내어주며
방긋 웃는 망초꽃

바람결에 사랑하며
흐드러지게 피어있는 이 계절의 경이로움

그리움 가득 실타래 감아
손 흔드는 망초꽃이어라

가을 여행

햇빛이 모아 놓은 달빛이 깊어가는 가을
빨간 샛노란 단풍나무 숲으로
아무런 이유 없이 여행을 떠나고 싶다

자연은 우리에게 만물이 소생하는
천고마비의 풍요로움을 한가득 선물한다

해지는 풀숲 위에서 우는 풀벌레 소리
속닥속닥 은밀한 대화 속
눈물겹게 환한 빛이 스며든다

바람의 말에 귀 기울이면서 비우고
더러는 접어두면서 이 가을도 쓸쓸히 떠나간다

비누의 묵상

살아갈수록 때 끼는 세상
성품이 워낙 매끄러운 계면 활성제
밖에서 묻혀오는 온갖 불순물

끊임없이 죄를 씻기 위해
거품과 몸이 하나 되어
먼지 쌓인 상념들

하수구 속으로 사라지면
정화된 맑은 물빛으로 반짝이네

말없이 흐르고 흘러 바다가 되어
흐트러진 마음 차분히 정돈하다 보면
담담히 저 멀리 보이는 불빛

이 마음 얼마나 비우고 닦아 내어야
선량한 사슴 눈방울처럼
그 마음 닮아 갈 수 있으랴

청산

자연은 말이 없는 위대한 스승이네
햇살처럼 속이 깊고 넓어지며
구름처럼 마음 안에 젖어 들어

청산을 따라 가보면
시냇물도 안고 돌지 않았던가
그대 닮은 맑은 호수처럼 영롱하네

파랑새

흰 눈꽃 소복이 쌓인
눈송이처럼 백발이 되어
비워진 만큼 파랑새 찾아가리라

자신을 내려놓고 모질게 지켜온 진자리
슬퍼했던 날들도 소중했음을 알아가리라

참 다운 사랑
그대가 내 곁에 있었기에
한 떨기 꽃이 되어
함께 피어오른 사랑이어라

민들레꽃

바위틈에 핀 민들레꽃
나를 바라보고 있다
졸졸 흐르는 물소리에
발길을 멈추었다

다 알 수는 없지만,
살짝 내 옆 모습만 보아도
앞만 바라보며 지켜온 나날들

싱긋 윙크하니
눈물 한 망울 뚝 떨어진다
날카로운 못 같은 상처
말끔히 사라진 것 같다

거친 내 손등 어루만지면서
세 사 풍파 시달려도
저 하늘빛 밤하늘의 별이 되고 싶다

가을 물결 질 무렵

푸른 듯 붉은 듯
황금빛 물결의 단풍이
여기저기 옷을 갈아입네요

흉내 낼 수 없는
자연의 섭리 안에서
엄동 초 첫눈을 기다리듯
골이 팬 우리네 모습도
어울려져 가네요

진정 평안과 행복을 느끼며
잡을 수 없는 나날이었지만
가슴 한편 뼛속까지 지켜냈기에
가을 물결처럼 아름답게 동행하네요

모두 함께

파란 하늘 두 팔 벌려
세상 밖을 안아보자

지나온 길 꽃밭들이
웃음으로 반겨주고
아름다운 풍경 속
가슴 벅찬 낭만 있네

품어와서 참하거니
예쁜 마음 간직하네
눈부시어 빛이 날 때
곧은 빗길 닮아가네

서랍 속

새소리 잦아진 햇살이 번지는 날
자작나무 숲 오솔길 거닐며
멈춰있던 시간 속 서랍을 살짝 열어보니
그리운 추억 담겨 있다

겨울 가면 봄이 오듯
숨어 우는 바람결에 실려 온 사연들
잔잔한 씨앗처럼, 아지랑이 피어오르듯
깊은 의미 되새겨 본다

강물 속 서랍 안에 간절한 소망 담아
서랍 속 꽃 봉투 고이 접어
따뜻한 봄바람에 날려 보낸다

빨래의 낭만

얼마만의 봄 마중인지
두근두근 가슴이 뛴다
널브러진 빨래 바구니에 담아
오랜만에 영혼의 맑은 공기를 취한다

바람에 빙글빙글 휘돌리며
날아갈 듯 기쁨의 순간을 맞는다

세탁의 뜨거움과 처절함도
묵은 죄를 씻어 영혼의 얼룩을 빼내고
화신풍에 봄날 맞이하듯

밝은 햇볕 아래 젖은 몸 말리며
하얀 나래 하늘하늘 춤춘다

Part 5

행복 언덕에 올라서서

가을 꽃길

청명하게 맑은 하늘
햇살이 내리쬐는 고향의 어린 시절

빨갛게 물든 고추밭 지나면
할머니 산소 가는 길목
하늘거리며 피어있는 코스모스

들국화 향기 가득 번져 오르고
가을이 주는 결실에
철부지 소녀처럼 욕심도 많았지만
내 마음 맑은 호수같이 잔잔하다

풀 섶에서 가만히 귀 기울이면
들려오는 정겨운 숲 바람 소리에
살포시 기대어 설레는 또 다른 나

가을 길목 귀뚜라미
귀뚤귀뚤 지저귀는 소리

어릴 적 꽃처럼 환하게 웃고 있던
동심으로 돌아가
사랑의 정감을 주는 가을 꽃길

어릴 적 동심

푸른 들녘 봇도랑 물소리
호수같이 잔잔한 내 마음
고향 낙원에서 춤을 추리

풍덩 뛰어들면 진달래꽃
산과 들에 번져나가고
앞산 골짜기 개울물은 돌돌

길섶으로 흘러가며
흐드러지게 피어있는 꽃망울
저녁녘 들려오는 개구리 울음소리

어릴 적 동심으로 돌아가
다시금 깨워준 나의 소망들
수줍음으로 얼굴 내미는
두둥실 둥글게 알밤처럼 살아가리

벚꽃 구경

흐트러지도록 펼쳐진
한성CC 벚꽃길
유난히 내 모습도 꽃처럼 예뻐 보인다

따스하고 다정하시던
벚꽃을 닮은 우리 할머니
송이송이 탐스럽게 엉혀 있구나

꽃잎에 아롱진 애틋한 심성
수줍게 핀 그런 모습으로
한세상 아름답게 살아가고 싶다

그대의 속삭임

들리나요
사부작사부작 내리는 빗소리
그대가 속삭이는 귓속말인가요

토닥토닥
내 마음 다독여 주는 소리

내 마음의 선율이 있다면
토닥토닥 이 소리일 거야

욕심 안 부리고 곱게 내리는
보슬비처럼 토닥이는 소리

내 마음에 리듬이 있다면
살랑살랑 불어오는 바람일 거야
가슴속 스며드는 깊은 진동 있는
그대의 속삭임일 거야

축복의 나들이

이별이 슬픈 건
당신을 떠나보내서가 아닌
나만의 지울 수 없는
애절한 가슴을 저리는 시간

넘치는 서러움 안고
병실의 하얀 침대 속 파묻혀
찌릿찌릿한 아픔에 출렁이며
두려움 속 밤 지새우던 삼십일

아! 옥죄던 불순한 것들의
이슬을 털 듯 털어버리니
두레박에 건져 올린 금빛의 보물
잠시 잊고 있었구나

맑음과 흐림이 하늘에만
있는 것이 아니라
내 안에 나를 이음이여

무성하고 화려했던 여름날 꿈
밤하늘에 별빛으로 남아 있다

희망의 나침판

무겁고 힘들었던 길의 끝자락
추수를 끝낸 허허벌판에 메말라 갈라진 논두렁

수많은 갈림길에서 한 점 부끄러움 없이
비운만큼 더 좋은 것으로 채워가던
흐트러짐 없이 헤쳐온 날들이었다

산새들 웃음 목메는 저녁
살아가기 바쁜 사랑으로
한 줄기 희망의 나침판 되었다

생각이 바뀌면 기쁨이 찾아오듯
눈물을 머금고 자연의 섭리대로
다독이고 안아주는 손길에
살아있는 지금, 모든 순간 행복이다

풀꽃

길 가다 발밑에 깔린
가여운 작은 풀꽃
흔들리지 않는 꽃이 어디 있으랴

몰래 핀 풀꽃
이름 없다고 서러워 마오
그 모양 그 자체도 청초하고
아름다운 모습

엄마 속 깊이 품어주는
정겨움을 담겨주는 너

초롱초롱 눈을 뜬 너는
햇빛과 바람을 견디는
내게도 고운 이름이 있음을

춤추는 봄날

산수유 노란 꽃 너울
고운 모습으로 살며시 움트고 있구나

노란 꽃망울 간드러지게 피고
능수버들 사이 봄 햇살만큼
속삭이며 반겨주네

봄바람에 부서지고 흔들려도
바람결에 가슴 저민 그윽한 봄 내음

사랑 안에 간직하고픈
춤추는 봄이 왔네요

우리 마음 영원한 사랑으로 가득 담아보네요

그대의 미소

꽃바람 타고 찬란한 그곳
햇살 쏟아지는 길을 가고 있다

치마를 두른 저 여인이
두 눈을 지그시 감고
먼 하늘만 바라봤다

부부의 눈물은 처절한 생의 여정
그대의 미소는 내 안의 꽃이었기에
심장이 쿵쿵거렸다

마음을 내려놓고 가정이란 울타리를
지켜온 발자국에 기쁨이 출렁인다

한낮 창틈을 통해 들어온
태양의 따스함으로
살며시 그대의 미소가 그립다

기다림

일상의 기다림 마음이 저미어 옵니다
가슴이 막막해집니다

가만히 벌떡거리는
이 순간 부여잡고 항변해봅니다

가벼운 흔들림이여!
수없는 역경 속에도 오뚜기처럼 일어선 내 모습

후~ 잔잔한 미소로
봄이 오면 예쁜 씨앗이 움트듯
보듬어 싹이 돋아 고운 숨결 내 안에 있음을

울타리를 감싸줄 고뇌를 견디며
내 생애 동반자들과 살면서
기쁨과 행복을 마음 밭에 심어두고

꽃봉오리 맺힐 그 날
기다림의 시간을 가져봅니다

힘찬 여정

만남은 힘찬 여정의 마음
언제나 쓰임이 되는 생의 길

모든 것은 덧없고 한순간에 사라지나
현실을 자연스럽게 받아들여
맑고 순수한 눈빛으로 바라보고 싶어라

순간순간 속삭이듯
햇빛이 비춰주는 곳마다
그대와 내가 숨 쉬는 그날까지
동행하는 이에게 배려하고 사랑하리라

평온하게 시 쓰는 시간
적당히 배워가며
은은하게 불어오는 숲속 향기 느끼면서
모든 죄의 용서 구하는
너른 마음으로 품고 싶어라

내 생애 최고의 순간

가정의 울타리를 던져 버리고
태평양 너머 이국땅에서
맑은 공기로 나를 포근히 안아본다

고생했구나
참 잘 살았구나
존재했던 나의 길 선물이다

쉼이란 공간 속에 가족이란 보금자리
지금 천상에 행복이 어디 있으리

세 살 때 엄마는 먼 여행을 떠났고
여기까지 살았으니 더 누릴 것이 무엇인가
얼마나 절규하시며 피눈물을 갖고 가셨을까

딱! 한 번 소리 내어 엄마라고 불러 보고 싶다
가장 억울했던 말 한마디 일러바치고 싶다

착한 딸 당당한 모습
행복한 가족사진 하늘나라로 보내오리라

꽃밭에 향기

밭에 꽃을 가득 심고 온 너의 심성
씨앗은 흙을 만나야 싹이 트듯
가족에 사랑 가득 쏟으면 행복이란 것을

기다림과 침묵으로 긴 시간 담아
너희들 심성이 나이가 들어가면서
더욱 애절하게 사무쳐 오는구나

인연의 끈으로 맺어진 민들레 홀씨 되어
더욱 꽃처럼 이쁘게 사랑하자

행복 가득 담아 사랑하는 우리 가족
언제나 따스한 봄날이 되기를
힘든 일 헤쳐가며 꽃밭 속 정원 가꾸며
웃음꽃 가득 담아 꽃씨 날려보자

사랑을 담아

그대를 그리워하는 당신을 만나
사랑이란 마음을 접어두고
나에게 미소를 보낸다

바스락거리는 잎새 하나도
가슴은 쿵쿵거리려 하지만
그대를 오로지 넘치도록 담아왔기에
눈물겹도록 아름답다

미소 한 스푼 사랑을 담아
눈부신 내면을 다독여 주며
한낮에 들어온 태양이 아직 떠날 줄 모른다

사랑했던 그대여!
그대의 빈자리에 핏빛 찬란하도록
향기 나는 꽃이 되어
난 너에게 미소를 띠어 보내리라

에필로그

손주들 사랑하는 마음을 담아 본 축복 시와
손주가 성장하면서 직접 쓴 시를 담아보았습니다.

지난 시간 빛나는 나날들 한 조각
빈칸을 채우는 마음으로 아끼고
사랑하며 살아가겠습니다.

할미의 마음,
손주들을 향한 참 생명을 밝히는 시향

나하고 나이가 같아 갑장이라고 부른다
언제나 긍정적으로 맞이하는 모습이 낭랑하기
그지없어 그야말로 낭랑 십팔 세다.

늘 열정적으로 살아가는 모습에 아마 하늘도 반했으리라.
아파트 주변으로 펼쳐진 아름다운 공원의 나무며 꽃들과 빠질세라
어김없이 교감하며 어루만져 주고 돌아와 앉는 자리가
시향으로 가득하다.

그런데 무엇보다도 참 생명을 밝히고자 하는 높은 뜻 언뜻 스치고
지나가는 정경이 어여쁘기 또한 그지없다.

먼저 가신 부군과의 지극한 부부관계 어쩌면 고다지도 정겨운지
그리고 자녀분들과의 정성은 뭐라 표현할 길이 없다.
또 있다. 손주들 사랑이다. 네 손주 모두에게 보내는
할머니의 마음은 하늘이었다.

참 생명의 가치를 느끼기에, 충분한 권경숙 시인님 우러러 봅니다.

즐기시는 시향이 세상을 밝혀가는 빛이시기를!
늘 푸른 기상 이소서.

서 의가 한 벗 남창우 드림

참다운 기상

참다운 기상으로
밝혀갈 꿈이더라

마음도 부자여서
못할 게 하나 없다

인성도 아름다워
큰 일꾼 눈부셔라

하늘도 당겨본다
영롱한 빛이어라

< 할미가 손주들에게 >

참 빛나

참 빛나 밝혀가는
자취가 찬란하다

영롱한 인성으로
마음도 부자여서

큰 일꾼 눈부시어
마음껏 누려보렴

하늘을 담아내
빛인 양 아름답다

< 할미가 손주들에게 >

참사랑

영롱한 아침이슬
고귀한 꿈이더라

참사랑 의로운데
슬기도 우렁차다

푸르른 강직함은
더없이 푸르구나

굽히지 아니하는
인성이 아름답다

사랑은 온유하며
못할 게 하나 없다

< 할미가 손주들에게 >

햇살

눈 부신 햇살처럼
내리는 춘하추동

호숫가 맑디맑은
꽃처럼 향기롭다

언제나 고운 자취
세상의 빛이거든

인성을 밝혀내는
영롱한 햇살처럼

햇살의 빛으로
세상을 밝혀 보렴

< 할미가 손주들에게 >

눈물

이슬같이 작고
따뜻한 나의 눈물

내 볼을 지나
땅바닥으로 뚝 뚝

나의 마음을
톡 톡 건드리며

또 한 번 울게 만드는
따뜻한 나의 눈물

< 초등 3학년 김승현 >

비

내가 울 때
하늘도 뚝뚝
눈물을 흘리네

하늘도 슬픈 일이 있었을까
아니면 같이
슬퍼해 주는 걸까

주룩주룩
비가 내리네
내 눈물과 함께

< 초등 3학년 김승현 >

액자

오래된 서랍을 열어보았네
서랍 안을 보니
내 추억들 쏟아지네

어느 한 오래된 액자에 사진 있네
그 사진 볼 때마다 추억이
새록새록 이네

그날의 기쁨, 슬픔도
액자 속에 들어 있네

< 초등 5학년 김승현 >

새해

새해를 준비하듯
마음도 흰 눈발로
채워간다

새해를 흰 눈으로 덮고
마음은 행복으로

새해는 아픔을 치유하고
나도야 꿈을 펼쳐본다
자람을 향해

< 초등 5학년 김승현 >

여행

꿈같고 설레는 공항 가는 길
가족 모두 하나 되어 눈물 흘리네

이쪽저쪽 어딜 봐도 해는 지고
나의 마음도 태양 따라
저쪽 바다를 넘어가네

그리움과 설렘으로
긴장되고 재미있던 여행

어딜 가나 영어 소리가 들리고
나의 영어 실력은 늘었지만

내 마음은 언제나 돌처럼
하나 되고 싶어 바람에
마음을 실어본다

< 초등 6학년 김승현 >

●●

해설

서랍 속에 남겨둔 갈증

박가을(시인·문학평론가)

글을 쓴다는 것은 인생길을 뒤돌아보는 일이다. 지난 일을 생각하면 저절로 웃음이 나오기도 하지만 그래도 때때로 쓴맛을 느낄 수도 있다. 시집 한 권을 가슴에 넣고 허허로운 세상을 활보할 수 있다는 자존심은 시집을 출간 이후에 느끼게 될 것이다. 낱말을 엮어서 하나의 문장을 만들고 사물에 대한 표현을 자유롭게 만들어 가는 시적인 리듬은 바로 내 삶의 여정이리라.

인생길 고뇌에 찬 생각을 정리하고 그 느낌을 감성적이고 시적인 묘사로 그 누구보다 섬세하게 발설하고 있다. 창작한 작품을 짜임새 있게 구성하는 기본은 화재의 시작과 전개하는 과정 그리고 내용을

전환하는 결론적인 주제로 완성하게 된다.

그녀는 때늦은 세월을 뒤로하고 창문 앞에 기대어 파랗고 높은 하늘을 바라보며 자신을 스스로 위로하고 더 단단한 문체로 여기까지 살아왔노라 노래하고 있다. 시는 새로운 역사를 만드는 작업이며 문하나 사이에 두고 담장 그늘에 숨어 싹을 틔우기까지 가진 고뇌를 견뎌온 사실적인 서사시敍事詩다. 어쩌면 새벽이슬에 맺힌 이슬방울처럼 맑고 견고한 나뭇가지 사이 잎새, 봄바람처럼 꽃향기를 세상에 뿌리고 싶었는지도 모른다.

권경숙 시인의 첫 시집 『꽃잎에 물들고 싶다』라는 만남과 헤어짐 그리고 구름이 몰고 온 하늘을 바라보며 아껴왔던 비밀의 창을 활짝 열어 놓았다. 시인의 고백처럼 가슴 안에 사랑 가득 채워진 원고를 들고 현충원 산모퉁이를 끼고 숲길 하나 사이에 우뚝 선 소나무, 그 앞에 사랑하는 사람이 고이 잠든 곳에서 멈추었다. 고운 시어詩語의 입맞춤은 햇살이 비추는 봄날 아름다운 동행을 꿈꾸고 있다.

그리워했으리라 사랑했기에.

노을빛에 기대어 그윽하게 익어가는 벼 이삭
정든마을 언덕 위 보물을 향해

징검다리를 디딜 때

세상을 다 얻은 것처럼 자신감이 넘치는 지난날
당신이 있어 참 당당했소
당신이 있어 참 행복했다오

서녘 산자락에 걸린 붉은 노을 한 조각
남겨둔 이성의 여정도 산책 마루에 숨어지는
그 황홀에 물너울

어느새 창밖에 스러지고 지친 하루의 끝자락
어둠이 그 빈자리 까맣게 메꾸어도
나는 핏빛 찬란함으로 그대를 기억하리

다시 동터오는 푸른 언덕
떠나지 않은 영원한 것이 어디 있으랴
가슴은 빨갛게 물들었지만
바람도 꽃밭 지나가리라

–「노을을 품은 언덕」 전문

언덕 너머에 매일 그를 기억하고 있음을 볼 수 있다. “핏빛 찬란함으로 그대를 기억하리” 바람이 불고 새벽 여명이 뜰 때 비로소 당신의 언덕을 그리워할 수 있음은 핏줄로 맺어준 선한 눈동자 그래도 작가의 마음에는 가지 많은 나무에 바람 잘 날이 없듯 그렇게 세월을 더듬거리며 왔으리라. 하루 일을 마치고 지친 몸으로 하루의 끝자락을 잡고 서 있을 때 나는 이렇게 말했다.

“당신이 있어 참 당당했소” “당신이 있어 참 행복했다오” 세월은 바람처럼 매일 파도를 가르는 자맥질을 계속하듯 어두운 병실에서 꺼져가는 촛불처럼 그러나 당당하게 버틸 수 있음은 넓은 세상의 벽을 허물 수 있도록 만들어 놓은 당신의 커다란 버팀목이었다는 사실이다. 경험이 없는 글은 문장의 구성이나 신선한 상상력이 숙성된 문장을 만들어 낸다. 미세한 틈에서 발견한 시어 여기 그 틈 사이로 빛이 들어왔다.

일상의 기다림 마음이 저미어 옵니다
가슴이 막막해집니다

가만히 벌떡거리는
이 순간 부여잡고 항변해봅니다
<

가벼운 흔들림이여!

수없는 역경 속에도 오뚜기처럼 일어선 내 모습

-「기다림」 부분

시어들을 들여다보면 가시밭길을 걷는 삶의 역경 속에서 정숙한 여인으로 본분을 다한 처연한 모습이 그려진다. 가슴을 빨갛게 물들게 했지만 바람도 꽃밭을 지나가는 것처럼 그런 세월을 아끼며 여기까지 왔음에 눈시울이 붉혀졌음을 느끼게 한다.

곁에 있는 것 같은 그래서 "일상의 기다림 마음이 저미어옵니다."

그 누굴 탓할까. 숙련된 손길은 날마다 거울 앞에 나를 바라보며 정돈하는 습관을 갖는다. 문체마다 절절한 외침 그렇게 실과 바늘처럼 살고지고 행복했던 시간은 저 멀리 떠나갔건만 현실은 늘 곁에 있다는 착각, 그래서 시적인 리듬이 완성되었고 시적 감성이 적랄하게 표현되었다.

"가만히 벌떡거리는 이 순간 부여잡고 항변해봅니다" 시의 울림이는 처절한 삶의 몸부림이며 은유적인 표현이다. 시를 쓰기 위해서는 경험에 의한 사실적인 적절한 표현, 즉 시를 숙성시켜 놓는 것이다. 이는 작품을 이끌어가는 강력한 힘이 존재하기 때문이다. 창의적

인 묘사는 피아노 선율처럼 청량한 음색을 들을 수 있어야 한다. 권 시인의 문학적 색채는 무엇일까

새소리 잦아진 햇살이 번지는 날
자작나무 숲 오솔길 거닐며
멈춰있던 시간 속 서랍을 살짝 열어보니
그리운 추억 담겨 있다

겨울 가면 봄이 오듯
숨어 우는 바람결에 실려 온 사연들
잔잔한 씨앗처럼, 아지랑이 피어오르듯
깊은 의미 되새겨 본다

강물 속 서랍 안에 간절한 소망 담아
서랍 속 꽃 봉투 고이 접어
따뜻한 봄바람에 날려 보낸다

-「서랍」 전문

봄볕이 따사로운 창가에 앉아 커피 향이 그윽한 커피잔과 두 눈을 마주했다. 지내온 시간 뜨거운 커피가 식어가는 줄 모르며 소낙비

처럼 夫婦의 삶은 그렇게 흘러간 시간이었다. 둘만의 아름다운 추억 서랍 속에 숨겨둔 채 갈증과 정신적 몸살을 앓을 때마다 "아지랑이가 피어오르듯"그리워했으리라.

혼자만이 살짝 열어 보는 서랍 안에는 그리운 추억도 담겨 있고 애달픈 기억 또한 살아 숨 쉬는 듯 가슴을 먹먹하게 했을 것이다. 그 누구에게 보여서는 안 될 나약함 그러나 당당함으로 버티어 온 세월도 그 누가 알까.

길섶에 내려앉은
지난가을의 낙엽처럼
그대에게로 마음 흔들립니다

부서지고 흔들려도
내 마음 오롯이 그대입니다
정다움에 서로를 기대어가며

그대에게로
찻잔 속 사랑의 향기
한 스푼 퐁당 넣으면 달빛 그림자
은은하게 빛이 나네요

-「그대에게로」 부분

시인은 멀리 띄워 보낸 연서마다 하나만의 섬으로 울음을 굴리는 물기둥을 만들며 꺼지지 않는 등불을 가슴 가득 켜 놓고 있다. 때로는 우울함으로 부드러운 노래를 들으면 그리워지는 마음은 커다란 태양처럼 붉게 타오르리라. 자유로운 몸짓 사랑스러운 사람과 함께 했던 행복함 그 순간을 강물에 흘려보내며 숲속의 새들이 노래하듯 하다. 가족의 울타리는 늘 섬세하고 자상함에 싱그러운 노랫소리가 들리는 것 같다. 시인을 밝고 고운 눈으로 세상을 바라본다고 했다. 글을 쓰는 느낌이 아니라 시를 문자로 짓고 있다.

이 나이 되어 보니 지난날
슬퍼했던 날들도 행복이 있었다는 것을

힘들게 살아온 모진 날
솟구치는 욕망도 삼켜가면서
지켜온 그대와 내가 있었다는 것을

영혼의 깊은 옹달샘처럼 흐트러지지 않고
함께 해쳐온 사랑이 있었으니
언제나 웃음소리 가득했었지

<

정다운 사랑으로 자신을 이끌며
보살펴온 내 시간 속 슬퍼했던 날들보다
마음속 기쁨이 찾아오듯이

소복하게 쌓인 흰 눈꽃처럼 백발이 되어도
비운만큼 더 좋은 것을 채워가며 살아가리라

행복했던 순간에 그대가 있었음을
그대가 내 옆에 있었다는 것을

-「자화상」 전문

시는 기본적인 관찰을 통해 숨겨 있는 비밀을 발견하는 것이다. 넓은 세상을 살아가면서 겪게 되는 일을 진실된 이야기로 독자와 소통하는 창구이다. 직접적이든 간접적이든 자신이 체험한 이야기를 시적인 감흥을 통해 자신이 기억한 잔해까지 쓰는 일이다.

"힘들게 살아온 모진 날 솟구치는 욕망도 삼켜가면서" 권 시인은 힘들게 살아온 삶의 모퉁이에서 처절하게 자신과 싸움을 걸어 온다. 늘 그 자리에서 자신을 지켜온 흐트러짐 없는 정결함을 느끼게 한다.

“소복하게 쌓인 흰 눈꽃처럼 백발이 되어도” 흰 백색은 눈에 보이지 않지만, 마음에는 늘 거울처럼 나를 비추고 있다, 흔들림 없이 솟구치는 욕망을 잠재우며 비움을 삶의 척도로 생각한 처절한 몸부림을 느끼기에 충분하다. 작가는 작품을 통해 직간접적으로 모든 일을 의미심장할 정도로 간결하게 마무리를 한다.

이는 시적인 묘사와 시적인 감흥에서 그 답을 발견할 수 있기 때문이다.

들리나요
사부작사부작 내리는 빗소리
그대가 속삭이는 귓속말인가요

토닥토닥
내 마음 다독여 주는 소리

내 마음의 선율이 있다면
토닥토닥 이 소리일 거야

욕심 안 부리고 곱게 내리는
보슬비처럼 토닥이는 소리

<

내 마음에 리듬이 있다면
살랑살랑 불어오는 바람일 거야
가슴속 스며드는 깊은 진동 있는
그대의 속삭임일 거야

-「그대의 속삭임」 전문

숱한 세월의 크고 작은 추억은 시의 소재가 되는 것이며 시인은 이 아름다운 일을 열린 눈으로 관찰하는 일이다. "내 마음에 소리가 있다면" 그 목소리라도 듣고 싶은 충동이 일어난다. 인간적인 참된 행실로 각인되는 것이며 그 덕목은 내면에 있는 것을 밖으로 꺼내 놓을 때 가장 신비스러운 이야기가 되며 완벽한 시적 표현이 된다.

"이 나이 되어 보니 지난날 슬퍼했던 날들도 행복이 있었다는 것을" 이라고 말하고 있다. 사람이 사람처럼 산다는 것은 그리 쉬운 일은 아니다.

그러나 시적인 표현은 들어내 놓을 수 없는 이야기까지 내보일 수 있는 과감함도 있어야 한다. 시는 살아있는 생물로 현실적인 부분은 내 몸 전체를 내보이는 것이다. 이는 작품을 발표하면서 문학적인 치유가 되고 그 이후는 독자가 이해하는 일이기 때문이다.

무겁고 힘들었던 길의 끝자락
추수를 끝낸 허허벌판에 메말라 갈라진 논두렁

수많은 갈림길에서 한 점 부끄러움 없이
비운만큼 더 좋은 것으로 채워가던
흐트러짐 없이 헤쳐온 날들이었다

산새들 웃음 목메는 저녁
살아가기 바쁜 사랑으로
한 줄기 희망의 나침판 되었다

생각이 바뀌면 기쁨이 찾아오듯
눈물을 머금고 자연의 섭리대로
다독이고 안아주는 손길에
살아있는 지금, 모든 순간 행복이다

-「희망의 나침판」 전문

간결하면서 경건한 삶 시인은 암시적인 문장을 통해 담백함과 순결함을 풀어 놓았다. 내 감정과 사물을 상징적으로 승화시킨 "산새들 웃음 목메는 저녁" 사물의 관찰은 곧 시가 되며 시가 바로 삶 그 자체다. 냉엄한 현실 세계로 한 치의 오차도 없이 치밀하게 정돈된 내 영혼의 산물이다. 시인은 정제된 언어로 맛깔 난 음식을 요리하듯 시를 노래하고 있다. 이는 감정으로 표현하여 정리된 자신의 삶을 이야기하고 있기 때문이다.

"수많은 갈림길에서 한 점 부끄러움 없이 (중략) 흐트러짐 없이 헤쳐온 날들이었다" 혼자의 몸으로 가족을 위해 헌신했던 소박한 여인 그러나 강인함을 느끼게 한다. 자신을 분리시켜 치열한 삶의 현장에서 오롯이 빈자리를 채워가며 자녀들에게 버팀목이 되었음을 고백하고 있다.

나에게 배움이란
생을 이끌어가는 원동력
설레는 첫 만남 가슴 벅찬 52년의 세월
행복이 가득했던 지난날의 추억

-「배움의 기쁨」 부분

캄캄한 밤에도 불을 밝혀주는 등불이 되었고 곧은 길을 헤쳐나가는 지혜로운 여성이다. 배움이 삶의 원동력이 되었고 "최고는 되지 못해도 최선의 삶을 산다는 자부심"으로 여기까지 왔음을 엿볼 수 있다.

시적 의미는 자신의 내면을 정갈하게 표현한 어휘로 발견된다. 마치 투명한 거울 앞에 서서 자신을 모습을 바라보는 것과 같다.

갈등은 일상의 삶에서 언제나 도사리고 있는 갈림길 그러나 시인은 "자연의 섭리대로 사랑하며 다독이고 안아주며" 이런 갈등은 마음이 움직이는 산물이다. 결단성 있는 용기로 자아의 성찰, 때 묻지 않는 실천은 생물처럼 설득력 있게 속삭임으로 다가온다. 생각을 정리하고 정제된 생각을 세밀하게 다듬으며 자연의 소리를 담은 투명한 유리그릇과 같다.

세상을 다 얻은 듯 누가 훔쳐 갈까
품에 안아 키운 내 보물들

엄연한 사회에 헌신하는
든든한 최고 아들이여
등불처럼 환하게 세상 비추며
두 아이의 아빠가 되었으니

<

가족이란 행복의 울타리
꽃 무리와 정답게 피어나는 얼굴
엄마도 가슴에 꽃이 활짝 피어있다네

봄나들이 여행을 아빠 품으로 준비한
그 씀씀이가 고와 아빠 닮은 효심이 가득하여라

먼 여행길 떠난 아빠 얼굴
빙그레 미소 머금은 듯
우리를 살포시 안아주고 있어라

-「든든한 두 아들」 전문

세상에서 가장 값진 보물이 있다면 어느 서랍 속에 숨겨둘까. 아마도 자신만이 간직하고 있는 곳에 아무도 모르게 숨겨 놓을 것이다. 엄마의 당당하고 순결한 모습을 그 무엇과도 바꿀 수 없는 보석보다 더 귀함이 있다면 이는 자녀들이 아닌가 싶다. 한 가정을 이루고 첫 아이가 세상에 태어났을 때 그날은 세상 어느 것보다 가장 큰 선물이었으리라.

자식이 내 품 안을 떠나 세상의 건실한 장년으로 활동하고 있을

때가 가장 보람되고 바라만 보아도 듬직한 보물임에 토를 달 수가 없다. 세상을 환하게 비추는 등불이 되어주길 바라고 있다. 그 보답은 현실이 되어 세상에 작은 봉사자로 활동하고 있는 자녀의 모습에 엄마는 대견스럽고 자랑스럽기만 하다.

그래서 사랑은 무한하다. 특히 자녀에 대한 사랑만큼 깊고 또 깊다는 사실은 부모로서 느낄 수 있다. 시편에서 가족에 대한 작품을 여러 편 선보였다. 그 깊은 효성을 말로 표현했을지라도 이렇게 시적인 의미를 부여하여 세상에 고백할 수 있음을 그 누가 탓하겠는가.

"봄 나들이 여행 아빠 품으로 준비한 씀씀이가 고와서 아빠 닮은 효심이 가득하여라" 그만큼 자녀들의 효심이 깊음을 알 수 있다. 나만의 작품세계는 일상생활에서 일어나는 크고 작은 일은 구체적인 감동의 원천이 되고 생생한 삶의 현장에서 만들어진다.

> 우리 셋만 성씨가 다르지만
> 한집안을 평온하게 지켜온
> 너희들 공덕 한량없이 고맙단다 (중략)
>
> 이제 따뜻한 민들레 홀씨 되어
> 내 마지막 인생길 동행하면서

함박웃음 호박꽃처럼 넝쿨째 넘나들고 있으니
참 예쁘고, 고맙고, 사랑한다

-「천사 같은 며느리」 부분

가정 안에 새로운 가족이 들어온다는 사실은 큰 복을 받는 일이다. 살아온 가풍도 모습도 다를지라도 그들은 순종의 미덕으로 새로운 가족 품에서 가풍을 이어갈 준비가 되어 있음이다.

"성씨가 다르지만, 한 집안을 평온하게 지켜온 너희들 인덕 한량없이 고맙단다" 시적인 묘사가 담백하고 인자한 성품을 느끼게 한다. 마치 자신을 호박꽃에 비유하며 행복한 가족의 한 단면을 이 작품에서 엿볼 수가 있다. 얼마나 보기에 예쁠까 그리고 마음 깊이 사랑스러울까 이는 시인의 작품 면면을 읽다 보면 천상 권경숙 시인은 한국의 여인상을 보는 것 같다.

길가 돌 틈에 핀 작은 꽃을 보면서 이야기를 나누며 시상을 떠올려 작품으로 승화시킨 아름다운 마음씨가 돋보인다.

선하고 예쁜 모습으로
총명한 지혜와 좋은 것 있으면
한 아름 안겨주고픈 엄마의 마음

<

의연한 대나무처럼 진솔한 굳은 의지는
스스로 감당해야 할 몫이란다

성숙하고 섬세한 모습으로
너의 재능 앞세워 행복 전하며
이웃과 사회에 봉사하는
예쁜 딸 되길 기도해 본다

-「예쁜 내 딸」 부분

한길을 걸어가는 노정은 늘 가슴 곁에 서성이는 딸의 모습을 지켜보고 있다. 성품은 엄마를 닮았을 것이고 재능은 아빠에게서 전수 받았을 것 같다.

권 시인은 삶의 여정에서 멀리 여행을 떠난 남편 대신 딸이 버팀목이 되어 호흡을 함께하고, 또한 장성한 두 아들의 효심을 받으니 세상은 다 내 것이 된 느낌일 것이다. 묵묵하게 가풍의 덕목을 쌓아온 수고 이제 그 수고를 잠시 내려놓고 자신만의 인생을 만들어 가고 있다.

사월의 길목에서 자연이 주는 따스함을 만끽하고 있다고 노래하는 시인 분명 "나 이제 행복의 노래를 부르리" 부를 수 있을 만큼 만들어 놓았음이다.

너로 인하여 하루가 열리고
너를 생각하면 기도가 절로 나오리라
해맑은 영혼의 속삭임으로
변하지 않는 영원한 것 있으니
그 꿈 이루고자 한다네

찬란한 빛 비추며 맑고도 맑은
생명의 빛으로 우리 곁에 온 아가야
눈빛으로 통하는 기운을 뿜는 아가야

-「첫 만남」 부분

시는 나를 발견하는 일이고 내 인생을 고백하는 일이다. 하여 사물을 통해 하나의 과정을 면밀하게 관찰하는 섬세함이 좋은 작품을 낳는다.

/너로 인하여 하루가 열리고/너를 생각하면 기도가 절로 나오리라/ 행복을 노래하며 시를 쓰고 시를 배우는 열정에서 앞으로 문화예

술을 정진할 수 있었으리라. 권 시인의 시편은 간결하면서도 경건하고 장식이 필요가 없는 순수성 그 바탕에 간결한 낱말의 표현 명료한 답은 독자와 긴밀하게 소통하는 창구가 될 것이다.

/생명의 빛으로 우리 곁에 온 아가야/ 눈빛으로 통하는 기운을 뿜는 아가야/ 시적인 표현 기술은 상징적인 함축된 언어와 직유와 은유가 은밀하게 적시하고 있으며 첫 만남 시어에서 표현 낱말은 순수성 그 자체이다. 또한, 섬세한 관찰력과 잠재된 의식이 감동적으로 운율과 리듬이 있다.

/노을빛에 물든 하늘처럼 /(중략) 그대 품에 안겨 물들고 싶다/ 시적인 리듬은 느끼고 생각하는 바를 생동감 있게 재생하는 일이며 구체적으로 표현할 때 좋은 작품으로 탄생한다.

소재가 신선한 작품으로 자신만의 독특한 문체로 詩 세계를 만들어 놓았다.

시 낭송가로 활동하면서 인생길 새로운 인연을 만들고 시의 깊이를 이해하고 세상과 타협하며 아름다운 선율을 선보일 수 있는 일곧 삶의 목표점을 만들어 가고 있다.

권경숙 시인의 /사월의 길목에서/푸른 숨결 옹골찬 새봄이 되면/

자연이 주는 따스한 꽃과 함께 거닐면서 /나 이제 행복의 노래를 부르리라/(사월의 노래 부분) 詩처럼 서랍 속에 남겨둔 갈증은 언제쯤 다 풀릴 수 있을까

노을빛에 물든 하늘처럼
불타오른 저 딤쟁이

가시넝쿨 속 장미는
올해도 어김없이 빨간 웃음
재잘거리며 흐드러졌다

가시투성이 우리 삶의 여정도
모두 제 가끔의 향기를 지니고
서로에게 따스한 꽃자리인 것을

한 설움 삭혀 내린 가슴
저미어 오는 설렘 안고
눈물 속 피워낸 꽃 무리
향기 날리는 그 오묘함이여
<

꽃잎에 물든 미소 여위어져도

그대 품에 안겨 물들고 싶다

-「꽃잎에 물들고 싶다」 전문

꽃잎에 물들고 싶다

뜨락에 시선 012

초판 1쇄 인쇄 | 2023년 06월 20일
초판 1쇄 발행 | 2023년 06월 25일

지 은 이 | 권경숙
펴 낸 이 | 박가을
펴 낸 곳 | 도서출판 뜨락에

편집인쇄 | 세종 P&P
등록번호 | 제2015-000075호
등록일자 | 2015년 9월 3일
주　　소 | 경기도 수원시 권선구 세권로 138번길 61 2층
전　　화 | 031-223-1880
전자우편 | kwang6112@naver.com

ISBN 979-11-88839-21-6 03800

값 12,000원

* 본문 페이지에서 한 연이 첫 번째 행에서 시작될 때에는 〈 표기를 합니다.

* 저자의 의도에 따라 작품의 보조 동사와 합성 명사는 띄어쓰기가 달라질 수 있습니다.